KB108222

배꼽
인문학

배꼽 인문학

초판 1쇄 | 인쇄 2017년 8월 24일
초판 1쇄 | 발행 2017년 8월 28일

지은이 | 정윤옥
펴낸이 | 최병수
편 집 | 권영임
디자인 | 여현미

펴낸곳 | 예옥
등 록 | 제2005-64호(2005.12.20)
주 소 | 〈03387〉 서울시 은평구 연서로22길 16-5(대조동) 명진하이빌 501호
전 화 | 02) 325-4805
팩 스 | 02) 325-4806
E-mail | yeokpub@hanmail.net

ISBN 978-89-93241-51-8 03810

값 9,000원

이 도서의 국립중앙도서관 출판예정도서목록(CIP)은 서지정보유통지원시스템 홈페이지(http://seoji.nl.go.kr)와 국가자료공동목록시스템(http://www.nl.go.kr/kolisnet)에서 이용하실 수 있습니다.(CIP제어번호: CIP2017021176)

정윤옥 시집

배꼽 인문학

예옥

시인의 말

시, 시도 잘 모르던 내가 시를 접하게 된 지 벌써 이십여 년이 흘렀습니다.

두 아이를 키우며 일상의 소소한 가족 이야기를 매월 가족 문집으로 엮었습니다. 지인들과 나누어 보면서 내 꿈도 조금씩 키웠습니다.

평교원 시창작교실로 시를 배우러 가는 날이면 영락없이 가슴이 설레고 발길은 구름 위를 걷듯 가뿐했습니다. 시의 밭에 씨를 뿌리고 가꾸면서 행복에 흠뻑 취하고 시의 행간마다 채워지지 않는 부족함에 때론 절망하며 나 자신과 수없이 묻고 답하면서 시심을 키웠습니다.

문학모임의 문우님들과 동행해오고 있는 이 소중한 일상들이 감사하고 감사합니다.

나이 육십에 시와 늦은 열애로 낳은 작품들을 모아 첫 시집으로 엮어봅니다.

이번 첫 시집을 엮을 수 있도록 큰 힘이 되어주신 박희호 선생님, 너른고을문학 선후배님, 든든한 생의 버팀목으로 자리 잡고 계신 고령의 아버지와 평온 속에서 시를 쓸 수 있도록 말없이 도와준 사랑하는 가족에게도 고마움을 전합니다.

2017년 여름

정윤옥

차례

2부 _ 배꼽 인문학

3부 _ 가족 음악회

1부

시와 동행

청호동 골목

낮은 지붕
헐벗은 집들
실핏줄같이 얽혀 있다

서너 평 전방 안
굵은 톤의 평양 사투리 새어 나온다
오징어순대라 쓰인 사각간판
몸살 같은 떨림들
겨우 지탱한 채

고향 땅 눈썹 위에 두고
오골오골 금 안에 모여 사는 실향민 가슴에
늘 황사만 처연히 날린다

가슴속 엉겨 붙은 앙금들
유통기한도 없는지

새끼줄에 거꾸로 매달린 채

마른오징어 같은 설움만 골목 안을 서성인다

수납기

발이봉 정상 선들바람처럼
바람 씽씽 나오는 농협 골안지점
한쪽 귀퉁이에 우두커니 서 있는
공과금 수납기

월말 가까워지면
목구멍이 꽉 찰 때까지
우주인 특별식 같은 난 숫자와 바코드가 찍힌
얇은 종잇조각 염탐하듯 삼키곤
번역한 언어의 답례표 한 장
달랑 내밀더니

허한 속 과식으로 탈 나
응급실 밥 먹듯 갔던
해당화 마을 보라 엄마같이
삼킨 난수표를 울컥울컥 다 토해내기도 한다

마시고 내뱉고
채우고 또 내보내며
수위조절 하는 일상이 누릇한 은유
한 가닥 잡아채보면

내 안에도
나만의 바코드를 읽어내는 수납기 하나 웅크리고 있다

양파를 까며

입 꼭 다물고
스치는 바람결에도 속내 보이지 않던
자연빌라 24호에 사는 여자

무슨 비밀 많은지
삼복더위에 짝 달라붙는 면 티셔츠 겹겹이 껴입고
시장과 마트에 매일 나왔다

곱슬머리, 눈 크고 키 작은 그녀
맨드롬한 우윳빛 속살에
모나지 않은 성격인 줄 알았는데

똘똘 뭉쳐 화석으로 응어리진,
가슴 몰래 안고
여러 해 버티더니

어쩌다,

어쩌다 정신병동 입원하게 되었는지

그 여자 비밀 벗겨 내느라

동네 아줌마들 손끝에서 양파의 속살이 희디희다

DNA를 이식하고 있다

환갑 진갑 다 지난 남편에게서 여자 냄새가 나기 시작한다

간이 페트꽃병에
진달래 철쭉 아카시아 꽃을 꽂자 푸드득 새소리가
주방을 맴돈다

자존심 깃발처럼 꼿꼿이 세워 생고집 꽈배기처럼 틀고
쩌렁대던 목젖 울림도 단잠을 자는 듯
여성 호르몬이 척척 담장을 쌓고 있다

식사 후 발우 공양이라도 하시듯 습관처럼 옮겨놓는 식기들에서
향수가 발아되고 있다. 그윽하다

잘 드셨다는 고마움의 표시, 얼굴에 선명히 낙관되어 액자 속으로 성큼성큼 들어간다

한쪽 귀를 닫아 둘 줄도
한 발 뒤로 물러설 줄도,
다정해진 어감에서
카멜레온 채송화가 피었다 진다

여자의 DNA를 이식하고 있는 남편의 목덜미에 하얀 성애가 핀다

당신이 있어 내가 시 밭을 일구고 있습니다

검침

달거리처럼
그는 매달 녹색 스쿠터를 타고 와
혈압 재듯 집의 내밀한
어둠의 사용량을 체크한다

문득,
절약이라는 단어를 책장 갈피에 넣어두고
펑펑 써 버린 수돗물과 전기 그리고 가스,
혹 내 맘도
얼마만큼이나 소비 했을지
와락! 붉은 계기판 바늘이 멈춘
고요가 궁금하다

때때로 안절부절 불안한
씨앗을 흩뿌려놓았던 가슴께 텃밭은
쇠비름 바랭이 풀까지 가득하여

도무지 내 심사의 사용량을 더듬을 수 없다

머릿속 산만하던 날
여직 사용되지 않은 숱한 욕망의 양을
꼼꼼히 검침해보는데

어쩌나
또 두어 눈금 올라 간
바늘의 지표
아, 비옥하지도 않은 이 욕망의 눈금을
언제쯤 다 소비하고

더디게 더디게 도는 계량기의 속도와 보폭을 맞출 것
인가

까치의 건축학

육중한 기계음도 낯설지 않은지 오래다

남향 터에 집 짓는 예슬네
이젠 제법 전원주택 모양새를 갖춰간다

어머머,
길 건너 무주택자인 까치부부도
전망 좋은 숲 속
우듬지에 새 집을 짓고 있다

제 몸보다 긴 나뭇가지 입으로 등짐을 물고 옮긴다
힘에 겨운 날갯짓
풀 등걸, 가지를 얼기설기 엮었지만
보온은 저들의 솜털로 갹출한다

진흙 페인트, 새집 증후군은 없어 좋겠다

나도 한번 날 잡아,

각지고 모나서 냉기 흐르는 지어미 맘 다독여

보온 미소 담뿍 담아

예슬네, 까치부부 초대해 볼까나

귀휴歸休

경안천을 지나다 보면
어린 날 연어 무리가 기억의 상류를 거슬러 올라 뭍으로 오른다

또래끼리
팔딱팔딱 배 뒤집다
물미역 같은 몸짓으로 물장구를 치다 뜨거운 해까지 꼴깍 삼키던,
그때
우리는 어린 연어였다

초등학교 입학하던 해
서울로 전학 간 숙이네 삼촌
잘 살아 보겠다며 무작정 상경한
언덕배기 외딴집에 살았던 고 씨
생의 치열한 몸짓이 그들의 일상이던 때도 있었다

지금도

고향마을 스쳐 지날 때면

치어 같은 미끈한 내음과 퍼덕이는 몸짓들이

빛바래 토막 난 추억을 똘똘 뭉쳐

물수제비처럼 내게 안겨온다

언젠가

고향 근처로 스며들고 싶은 강물처럼

나도 꿈 하나 품고 회귀하는 오십천의 배 붉은 연어이고 싶다

어미 새

부리로 먹이를 쪼아
새끼를 보살피는 어미 새를 본다

둥지를 틀고 담장 치어
보송보송한 솜 타래 깔아두고 애지중지 보살피다
어느 날,
낭떠러지로 데려가 나는 연습시키는
모진 어미 새

아들아이 훈련소 입소시키고
돌아서는 발길이 져며
내내 절벽 같은 마음으로
괜찮다,
괜찮다 다짐을 하는데

둥지를 떠난 이 나라 아들들이

석 삼 년 저 가파른 벼랑

무사히 잘 날 수 있을지 품안이 자못 시려 한기가 든다

막국수

인적 뜸했을 것 같은 이포나루 지나 첫 마을 들어서면, 저마다 막국수 원조집이라는 문구 내건 희망가든, 천서옥, 여주식당…… 국수가닥 같은 세월 부여잡고 늙어가는 과거들이 옹기종기 모여 있다

냉한 성격의 메밀
뜨거운 가슴 식혀주는데 특효라며
따끈한 육수는 무제한
양은 주전자 가득 내놓는다

매콤 달콤한 양념장 위 다소곳이 앉은 계란과
편육 몇 조각 유혹에 빠져 마패모양 번호표 받아들고
번들번들 군침 삼키며 서성대는 대기자들 사이로 김유정 소설 속 외마디가
다음 순서를 호명하고 있다

허기진 시장기를 달래러 몰려든 군상들의 낯빛이 이 포교 아래 둥둥 떠다니며 밀물과 썰물처럼 오고 간다

손때 묻지 않은 백색 면발에
메밀의 순박함도 흥건히 배어 있다

꽉 찬 식당 안 표정들이 잘 여문 여주 땅콩 같아
고소한 메밀국수 한 가닥이
흐르지 못하는 이포보 물길에 구멍이라도 내볼까 참 붕어와 내통한다

시, 감자를 심던 날

주먹만 한 씨감자, 씨눈을 보석 다루듯 부드러운 손길로 요리조리 잘나낸다

수십 명의 생개* 회원들이
비닐 씌우고 오차 없는 눈대중으로 간격 맞추어
씨감자를 모셔놓는다

모종삽으로 씨감자에 흙을 덮는 중년 촌부들
흐드러지게 핀 꽃처럼 보인다

농사가 주업인 아낙네들 손놀림은 달인 수준이다

한 생을 조목조목 펼쳐가며 평상 위에 앉아 달게 먹었던
분이 왁자한 찐 감자를 그려보다가
어젯밤 숨죽이고 읽어 내려가던 시 한 편을

막 떠올려 보는 찰라,
농협 부녀부장님 양손에 들고 오신 간식거리가
희미했던 시구절을 환하게 밝힌다

씨감자가 피워내는 보랏빛 꽃대에 시 한 편 열리면
알알이 여문 땅 속 의문에
나는 그대로 시들고 만다

---

*생개 : 생활개선회

첫 월급의 기억

칠십 년대 그 엄혹한 끄트머리 어느 날이었던가
처음 받은 얄팍한 월급봉투
부모님 속곳 사고
매달 찾아오는 달거리처럼
삼 년짜리 조막만한 적금도 부었다

토실토실 젖살 붙는 통장잔고는 희망의 만달이었다

아버지 회갑연 때,
잘 여문 통장 내놓았더니
나팔꽃에 앉은 이슬처럼 맺던 어머니 눈물이 아슴하다

동네 구석구석 고개 너머로
박 넝쿨에 딸 자랑 주렁주렁 열렸다

시와 동행

전동차를 기다리며 서성대다 감옥 같은 지하 벽면과 마주한다

시인이 낳은 시는 유리창에 서린 입김처럼 흐릿하다
시인들의 식솔, 그 언어들이
화롯불 같은 온기로 다가 와
눈길에 사로잡힌 마음속을 파고드는 광부가 된다

행과 행 사이 울림들은 뇌 회로를 가로질러 푸른 보석이 된다

시의 언어들,
그 짤막한 키보드에서
힘찬 몸짓의 나래를 펴면
동행하자 따라오는 그림자 지나간 역을 예매하고 있다

깔딱고개

봉정암 우듬지 끝자락, 숨이 목까지 꽉 차 올라야
넘을 수 있는 돌서더리 고개가 있다

담을 타고 오르는 담쟁이같이
엉금엉금
앞만 보고 오르다 슬쩍 뒤돌아보면
공포가 눈 아래 안절부절못하고
관절에선 아릿한 통증 통보를 즉각 보내온다

얼마 전
바늘구멍같이 좁은 시험에 합격했다는 동생의 소식
이 무선으로 들려왔다

지치고 지친다는 말 밥 먹듯 외치고
등줄기 진땀 수 없이 흘려가며
한 발 한 발 올랐던 동생의

취업고개가 떠올랐다

정상에 오르니

암자 염불소리 나즉나즉 가슴 울리고

바람의 목탁소리

봉정암을 맴도니 또 하나

승리를 예감한다

가로등

미동조차 할 줄 모르지만
제 향내 다 쏟아낸 한 송이 백합인 듯합니다

솜사탕 같은 연인들 속살거림도
귀 기울여 주고요
허기진 배 움켜쥐고 걸어가는
실직 가장 칠흑 같은 어둠살도 헤쳐주지요

눈 먼 자 보게 하고
귀 먹은 자 듣게 하는
관세음보살처럼

나도
환한 불 밝혀
보살처럼 살고 싶네요

그대를 기다리고 싶네요

낙엽에게

노숙자로 떠돌다
구멍 숭숭 뚫려 얇은 뱃가죽만 남았구나

알면서,
사각대는 네 속울음 못 들은 척
툭, 툭
발끝으로 널 읽지 않았다

허름한 쉼터에 핏기 없이 앉아
새들처럼 깃털도 없이 구름 위를 거닐며
시인을 꿈꾸던
윤기 나던 젊은 그 즈음 더듬다가
옴팍한 사색이란 골짜기에서 길을 잃고 만다

이제야 알 것 같다
즈믄 생生 길목 어귀에서

흐드러지게 나뒹굴다, 나뒹굴다 되돌아갈 수 없는 길

그 길목에서
푸르른 시절 몸,
몸을 접어 대지의 탯줄에
기대선 네 모습에 어느 짧은 시 한 수를 놓으련다

엽록소 잃고 / 노을에 불타다 만 / 귀휴하는 나그네여!*

---

*박희호 시인의 5 · 7 · 5조 하이쿠에서 인용.

선풍기

절정의 한여름 푹푹 찌는 폭염 속에서도
참으로 무던하다

심통 부릴 만도 하건만
여전히 바람 밭을 일구고 있는 우직함이 언제나 Stop
벙어리 냉가슴이
옛 여인 마음속 같아라

뼈마디 마디 삭신 다 녹아내릴 때까지
온 정성 다해
끝없이 베푸는 모성애 같다

봉정골
서어나무 그늘에 앉아
바람길 응시하듯
오늘도 묵묵히 자전의 둘레 그림자를 낳고 있다

오이지

한평생 흙의 포로가 된 할머니
사철 들일에 좁쌀알같이 많은 집안일, 거침이 없었다

손바닥은 늘 밭고랑을 쥐고 다니셨다

질항아리 속 캄캄한 생의 길에서 짠순이 소리에 메아리도 울림을 버렸다

쇠심줄 같은 뚝심 하나로 한 가계를 푸르게 지켜왔다
이제
쭈글쭈글해진 할머니
그 속살 같은 오이지가
얼음 동동 띄운 유리그릇 안에서
꾹꾹 눌려왔던 케케묵은 응어리들 사르르 풀어내고 있다

메기

고요와 별빛
밤 깊도록 벼루에 갈아

화선지 위
묵향의 떡밥으로
메기를 낚으려 합니다

매끄러운 등
솟구쳐 오르는 힘찬 꼬리
실낱같이 가느다란 수염까지

앗!
방금
힘차게 펄떡이는
잘 생긴 메기 한 마리
붓끝에 걸려

화선지 밖으로 올라옵니다

스마트폰

애인 하나쯤은 다 있다고들 하는 요즘 세상
도토리 키 재듯 고만고만한 크기에
살짝 스치기만 해도 가슴 사르르 녹여 내릴 듯
할로겐 불빛 같은 애교도 그럴싸하다

연명할 양식만 주어도 견고한,
출렁이는 목록들 훑으며 구식 애인같이 보채거나 투정 부리지도 않는다.

앉거나 걷거나 잠자리에 들어서도 꼭 잡은 손
놓치지 않고 살아가는
사랑리 마 씨 부부처럼,
계산도 척척
낯선 길도 척척
둘 만의 암호로 방방곡곡
수만 킬로미터 밖까지 특급메일도 보낸다

뇌혈관 타고 올라가 보이지 않는 회로의 수치들을
얄팍한 몸에 잔뜩 집어넣고 사는
그 멋진 신식 애인
그대를 더듬는 엄지와 검지가 숨 가쁘다

오늘따라 유난히
구구단처럼 척척 외웠던 문장 몇 줄이며 아라비아 숫자들이
깊은 수면에 들어갔다

장미

마을 안쪽
담장을 끼고 걷다 보면
밤새 이슬에 취한
붉디붉은 몽실한 얼굴들

몇몇은 목덜미가 꺾이고 허리도 휘어진 채
더 높이
더 멀리 바라보겠다며
담장 넘어 세상으로 돋은 몸을 내민다

바람 같은 삶
아무리 제 이름 연등처럼 내걸고
으쓱이는 모습 바라봐 주기 간절할지라도
정상은 늘 외발인 것을

뜨거운 한낮

화려한 나들이 위해

날마다 가시로 담벼락 움켜잡고

줄줄이 기어오른 그곳은 결코 정상이 아닌 것을

담장 위에 서보면 아래가 아스라하다

폭우

꾸역꾸역 다 받아
설사하듯 제방 둑 단숨에 밀어낸
냇가 황토빛 물소리
숨 가쁘다

아예 답도 없이 밀려 내려오는
저 거친 호흡,
세상을 향해
하고픈 말 얼마나 많기에

생의 길목에서 한바탕
터져라 악을 써가며 외쳐보고 싶을 때
누구나 몇 번쯤 있었겠지

세상도
나도

수문 조절이 필요하다

2부

배꼽 인문학

내 몸의 길

하루가 멀다 하고
꽃샘추위 번갈아 오갈 때 혈관질환 조심하란다

120,000km,
그 아득한 길을 사십육 초에
뭍 사연 쉼 없이 자양분 실어 나르는 길마다 자국이 선명하다

폭우로 잘려지고 찢겨나간
자전거 도로 구간을 막고 쌓고 붙이는 공사가 한창이다

그 길에도 녹슨 혈관들이 시뻘건 녹물을 토해놓고 있다

누구도 엿볼 수 없는 길
혹, 나날마다 먹고 마셔 쌓인 낙엽사리 없는지
낯선 기기 앞에 서서

멀미를 한다

내 몸 길마다 핀 녹이 사뭇 궁금하다

매실주

푸르디푸른 꿈이 깊은 단단한 씨,
아집처럼 품고 있는 유혹의 눈길 얼씬도 못하게 밀봉했지요

석 달 하고도 열흘 발효의 터널 빠져나온
새콤 달달한 제 속내 홀랑 내어놓고 주름이 무성한 얼굴
변신의 고깔 쓴 광대 같다

쪼그라진 어머니의 젖무덤 같다

한여름
뚝 뚝 흐르는 굵은 땀방울이며
막힌 속내 펑펑 뚫어 줄
달콤한 저 원액 사랑이 첫새벽 거미줄에 맺힌 이슬일게다

단풍 곱게 물들어가는

어느 날

짝사랑하던 사춘기 친구 불러내

슬쩍,

러브샷으로 어디 한번 유혹해 부딪쳐보면

밤하늘 흐르는 유성이

밑줄이라도 그어 줄까

동동주

어머니는 가끔 밀주를 담그셨다 반질반질한 툇마루 한켠에서 고실고실한 고두밥과 천생연분인 누룩과 버무려 항아리에 넣고 싸리 울타리 넘어 텃밭에 쥐도 새도 모르게 꼭꼭 묻어놓으셨다

세무서에서 조사 나온 전문인 아저씨가 코를 실룩이며 보물 찾듯 용케도 찾아내 벌금 꽤나 물렸었다. 어머니는 늘 고자질한 사람 틀림없이 삼거리 주막집이라고 넘겨짚곤 하셨다 그리 혼줄 났어도 해마다 잊지 않고 담그셨던 동동주, 그 지게미를 솜병아리 마냥 멋모르고 쪼아 먹던 나, 싸리순처럼 쌉싸름하고 초콜릿처럼 달착지근하던, 그렇게 사는 맛을,

그때부터 알아버리고 말았다

내 삶 뒤안길

어디쯤 잘 익은 밀주 맛같이 꼭꼭 숨겨진 비밀 한둘이

누룩에 파랗게 핀 곰팡이처럼 혼자 피었다 지고 있는

건 아닌지 모를 일이다

젖지 않을 잎은 없다

봄눈처럼 허물어졌다

술,

그로 인해 평생 혹사당하던 횡격막 아래 대분비선이

제 기능을 다하고

오월 빗줄기 따라

동갑네와 푸석 주저앉았다

철부지 두 아이들은 잔칫날인 양

과일조각 손에 쥔 채,

덩실덩실 마당을 맴돌고 있다

친인척들 애끓는 통곡소리는 진종일 동네어귀를 배회하고 있다

문상 온 우리는

뜨거운 소주와 해장국으로 속을 달랬고
죽음 앞에서도 삶의 원소(술)*, 화학구조를 바꾸지 못했고

조문 행렬인 듯
앞 산 상수리 나뭇잎도 고개 떨굴 때
남은 피붙이 눈물에 어느 잎인들 젖지 않을 수 있으리

---

*원소(술) 에탄올–화학식CH3CH2OH, 메틸올–분자식CH3OH 메틸알코올이라고도 한다.

배꼽 인문학

남편에게 생물 오징어를 손질해달라고 부탁했다

선생님 말씀 잘 듣는 학생처럼 남편은
내 맘에 쏙 들게 손질해놓았으나
그렇지, 터질 듯 부푼 배꼽이 뇌리에 똬리를 수놓는다.

벗어둔 안경을 끼고 주방을 보니
점심 식사 후 씻어놓은 식기에 주근깨 같은 점, 점들
무엇이지
순간 번개처럼 스쳐오는
맞아!
오징어 먹물이었다.

오직 하나, 둘을 더하지 못하는 남편의 손길을 믿었던 나는
배보다 큰 배꼽이 되어 허물어지고 말았다

주방 벽, 식기에 묻은 깨알 같은 흑점, 한나절 꿈의 결정체였다

닦는 시간 위로 덧칠되는
얼큰하고 달짝지근한 오징어볶음 맛 바람이 휭!
주방 안을 헹군다

나도 파도의 모래톱이다

을왕리 바닷가
갈기를 앞세운 바람의 손끝이 시리다

밤새 도둑처럼 다녀 간
파도는 시치미를 뚝 뗀 체 얌전하다

간혹 나도 바다일 때가 있다

꽁꽁 싸놓은 보따리 풀어헤치면
아이들의 볼멘 투정이 귀엽다

속속들이 나열하지 않아도 알 수 있는 저들만의 자잘한 사연들

묵묵히
못 들은 척, 무심한 척

철썩철썩 간혹 나도 바다가 되어 쓰고 지우는 모래톱이 되어야 할 때가 있다

낙방도 자산이다

점포 임차인 변경으로 계약서를 쓴다 물 흐르듯 막힘 없이 적어내려 가던 찰라, 십여 년 전이었을 것이다. 모란역 인근 학원, 공인중개사 자격증 따보겠다며 두툼한 책 한 보따리 청춘처럼 끌어안고 솟대에 걸린 하현달이 되었었다. 낯설고 묵직한 단어들이 오밀조밀 연좌하고 있는 과목마다 강사의 촘촘한 설명이 주문처럼 반복되어 무던한 시계바늘을 고속도로 위로 전송 중이었다. 족집게 예상기출문제 추가학습도 병아리 졸듯 면벽에 불소개로 타종되던 어느 날, 처참하게 된서리 맞은 배추마냥 나는 한방에 푹 기죽어버리고 다래끼와 살갗이 수모 당하는 몸살을 걸머지고 얇아 개울물에 갇힌 올챙이처럼 소복한 학습 찌꺼기를 좌 뇌 한 쪽에 염장해두었다. 그 염장된 테이프를 재생시키며 임차계약서 빈칸을 메워가는 내 입속에서 연꽃이 활짝 피었다

수많이 읽어낸 시집, 그 속 시어들이 좌 · 우 · 뇌 어디쯤에 저장해두었는지 도무지 재생할 수 없는 실어증

으로 동공에 저기압 서려 마른벼락이 앞산을 넘나들고
있다.

꽃집에서 꽃은 팔지 않는다

우리 마을 입구로 몇 발자국 들어서면

간판도 없는 맛 집 같은 꽃집이 있지요

개나리를 시작으로 노랑, 빨강, 분홍 삼색의 장미꽃과 수국, 수선화 등 진열한 상품처럼 이름도 모르는 꽃들 즐비하지요

꽃이라는 문구도 붙어 있지 않지만

온통 화려한 전시장 같고

향기도 쑥쑥 번져나가고 지나는 길손 입맞춤도 무제한,

출퇴근길 직장인 걷고 뛰며 지나가는 마음결에도 신바람 생기를 넣어주죠

그뿐인가요

꽃을 가꾸는 젊은 안주인 상냥한 말투에

생글생글 웃는 보조개, 주름 하나 없어 보이는 꽃 같은

피부도 모두들 닮고 싶어 하지요

그뿐인가요

결 고운 속내는 또 비할 바 없지요

속살보다 더 보드라운 마음까지

꽃도 향기도 팔지 않는 유일한 우리 마을 하나뿐인 꽃집

오고가는 이들 꽃 속에 몽땅 빠질 수밖에 없는

행복바이러스를 전염시키는 그 여자 꽃집

얼비치는 연못에 천사가 노닌다

매운탕을 끓이며

은빛 서리들이 눈부시도록
반짝, 몸을 뒤집던 날 모닥불이 피워졌다

살금살금 실 계곡 물소리 낚아채는
피라미들 날랜 몸짓 공중을 날아오르면
햇살 튕겨난다.

귓등이며 볼때기에
하늬바람 숭숭 부딪쳐와도
상머리엔 푸성귀가 전부였던 옛날
생일상 받은 아이들처럼 우리들은 환호성을 내질렀다

경안천 상류에서 천렵하시던 아버지 따라
토장 풀고 수제비 툭 툭 떼어 넣은 매운탕 맛이
사십 년 단숨에 훌쩍 넘어
지금도 끓고 있다

바람도 겸상하자며 봇짐 풀어놓자 노을도 구름을 베고 눕는다

그날도 잔칫날이었다

애벌 김매기 끝나

일철 뜸한 날

아버지는 대나무 통발 지게에 얹고 봇도랑으로 나가셨다.

오골오골 미꾸라지 한 양동이 지고 오시면 호박잎에 소금 넣어 한바탕

담금질 한 후 무쇠솥에 토장 풀고 풋고추며 애호박에 대파 숭덩숭덩

수제비 한 소큼 끓어 넘치면 앞뒷집 불러 모아 한바탕 뜨거운 저녁이었다.

장학금 받은 아들 자랑 하는 날, 그날의 생기 넘치던 아버지가 부재중이다.

반딧불이 꽃불 쏘아 올리면 봉숭아 채송화도 담장 밑

에서 깔깔 거리던 날,

여직 회신이 없는 추억 더미를 부질없이 기다리면,

먼 산 뜸부기 울음이

하얀 백지장 위에 추서를 단다.

감전되다

대회의실 꽉 메운 여성 과학자들
앳돼 보이는 대학생부터 또래의 중년들이 어떤 모듈의 집합체 같다

연구,
기초과학연구
풍겨 나오는 지성 사이로 얼굴 가득 솟아나는 열정이 쌍무지개를 띄운다

행사장 지정석에 앉아
밀담을 속삭인 내 안에서 연실 터져 나오는 감사,
감사들, 그 감사에 감사한다.

가만히 돌아보면 무던히 둥글둥글했던 딸,

갓난이 때부터 밤잠 한번 설치게 한적 없이

눕기만 하면 새근새근, 낮잠 자는 동안 시장을 후딱 다녀와도

곤히 자고 있었던 아이,

이제 그 아이 겨드랑이 솜털이 벗겨지는 순간이다

날갯짓이 천둥번개도 품을 기세다

다들 어렵다.

어렵다 하는 수數를 다루는 과목을 선택해 엉킨 매듭 풀어내듯,

수數의 합合을 연산자로 풀어내던 딸,

수상식장 단상에 오른 딸과 나 사이에

보이지 않는 수만 킬로미터의 전선이 길게 이어져 있어

고압전류에 감전이 된 양

온몸의 전율 울컥울컥 한참을 이어가다 기어이 어미는 너의 두엄인 재가 되고 말았다

사랑하는 내 딸, 자랑스러운 딸아!

고욤나무

동학사
미타암 절벽 아래 한 그루 나무는 늘 고요하다

절간 독경소리와
풍경소리 양식 삼아
토실한 피와 살을 만들고 있다

무명옷의 큰 이모 질항아리 속으로
쪽진 머리 밀어 넣고 꺼내던
달짝지근한 추억 한 두렁이 주렁주렁 매달려 있다

엄니 구순잔치에 모인 피붙이같이
휘어진 가지에 생生처럼 탱탱한 목탁소리 머금은
여직 떫디떫은

그 맛 익히려 절간 노을은
뭇바람을 부른다

한낮

구월 중순 가장자리
청계천 수표교 아래

어린 오리 닮은
스물 중반쯤 남녀 손수건 깔아 간이의자 만들었다

엊저녁 달빛 윤슬 가득 담아 꾸린 찬합 열어놓고
하나둘 게임하는 듯, 보조개에 담긴 비밀 하나씩 캐내고 있다

남도의 산해진미보다
더 화려한
사랑을 꼭꼭 씹는 실루엣에
잠시, 가뭄에 단비처럼 젊음이 그리워지는 한낮

실파 뿌리 내리듯 새치 소복이 쌓인

빛바랜 중년 탁본을 떠 냇가로 띄워 보내고

돌아선 저물녘 노을이 하얗다

그 시절엔 그랬지

노릇노릇 잘 익은 갈비에 눈독 들이다가
맞은편 후배와 약속이라도 한 듯
갈비 한 쪽을 동시에 찍을 때
말하진 않아도 슬쩍 젓가락을 걷어내며 민망한 듯 머리를 긁적거릴 때 있었다

왕성했을 식욕에 그런 때도 있겠다 싶다

먹을 줄도 모르는 도수 높은 알코올에 취기 올라
나도 나를 모른 순간
혀가 반쯤 꼬였던,

이건 아니다 싶을 때도 있었다

칠십 년대 끝 무렵 여의도 모처로 면접 보러 갔다가
긴장의 끈 너무 꼭 잡은 탓에

수전증 걸린 할매 손처럼 덜덜 떨었던
세상 물정 까막눈이었던
그런 때도 있었다

왕성한 식욕에 군침 자르르 돌던 입안도
철들어 가고
도수 높은 알코올이라면 겁부터 덜컥,
숨겨도 좋을 속내 양파 껍질 벗겨내듯 말만 늘어가는, 그 시절이 늘 아득하다

호떡과 생生

긴 밤 출출함 어루만지며 소꿉놀이 하듯
밀가루 반죽 계란만 하게 동글동글 빚어놓고

젖멍울 막 부풀던 사춘기 소녀 꿈같은
달콤한 소 흠씬 넣고
달구어진 팬 위에 올리면
노릇한 연기 집 안 구석구석 회를 친다

삶이란
프라이팬 같은 뜨거운 세상에서
눌리고 때론 부대껴가며
달콤한 기쁨 익히는 애드벌룬의 하늘길이다

생의 중반
완숙의 계절로 익어가는 길목에서
무언가 알 것 같고

한 입 덥석 베어 물고 싶은

여직 철들지 않은 한 생이라면, 둥근 호떡 페이지에
여백을 남기고 있다

김장김치

맑은 물에 막 헹구어낸 배추가
예식을 준비 중인 신랑 신부의 기다림 같지요

봄 햇살 같은 설렘 연지곤지 곱게 몸단장하고
이웃 아낙들 눈빛 갈채 받으며
질항아리에 겨울 보금자리 잡았지요

검은머리 파뿌리 같은 서약 단단히 동여매고
푸르던 날 잎맥 같은 기억들 꺼내도 보다가
무르익어 가는 인생길
중반에 서서,

가끔은 울컥울컥
서로 마음 안쪽을 쓰다듬어 가지요
그렇게 또 한 생 익어가지요

아!

모락모락 오르는 김 하얗게 몸 비비는

쌀밥 한 공기를 유혹하는

저 매콤한 절임의 미학 앞에

난, 또 다이어트를 내일로 미루어두고 젓가락을 든다

장롱면허

다리 짧은 허가증 가슴에 달고
윈도우에 얼비치는 UHD 차량정보 안으로 나를 밀어 넣었다

집 앞 소방도로 지나 삼거리로 나서니 등에 개울물이 흐른다

돌쟁이 걸음마는
겁에 질린 고라니처럼 달려오는
외국산 승용차 앞에
순간 브레이크를 꾹 밟았다
꿋꿋하게 묻어두었던 면허증, 이제 나도 '갑'이다

난 의식도 없는 사이 용감하고
표독스런 암사자 눈빛으로 한참을 쏘아봤다

신호등조차 없는 동남아 도로
먼저 지나가는 차량이 우선인 무질서 속의 질서,
면허는 그저 조각난 낙엽이었다

장롱에서 틔운 초보, 까치발은 호기심일 뿐이다
허리를 곧추세우니 UHD 차량정보
바랑에 지고 차선 따라 신호등을 켠다

산행

지나온 시간으로의 여행이다

뛰다, 걷다, 쉬다가
빚보증으로 숨이 목까지 꽉 차 올라 동굴 속 어둠 같았다

독촉, 연체란 낯선 단어들이 제멋대로 오차도 없이 배달되었을 때
심장 떨림은 깔딱고개를 오르는 듯했다

중산리 입구로 스며들어 간
천왕봉 가는 길
정상 표지석 향해
된비알 끝없이 이어진 돌계단에 파란 구름 한 점 사리를 틀었다

흉터로 남은 뿌리에 시간을 꾸준히 덧칠할 때
정상에 발 딛는 순간
온몸에 전율이 고압전류처럼 스쳐가고
아가미 속에 쳐놓았던 바래지지 않는 기억들도 안개처럼 걷힌다
온몸이 빨래처럼 허물어지면
정상 아래 희망, 물바람 등에 비밀처럼 업혀온다

어떤 실화

꼬박 열 시간 철새처럼 공중 길로 날아가 닿은 터키였다 바다 위엔 흘러간 제국의 해적선이 동화 속 함정 깃발과 오색 그림처럼 즐비하다 밥 먹듯 듣던 유행가 쏟아져 나오고 가이드의 친절한 설명은 홍차에 넣은 설탕마냥 달콤했다

바다 풍경을 안주 삼아 꽤 높은 도수의 알코올에 발칙하게 취기 오른 내 또래쯤의 중년,고개 넘듯 잘도 넘는 노랫가락이 공중으로 펴져 올라간다. 찰라, 나도 나를 모르는 사이 내 안 가슴팍에 매달려 있던 뜨끈한 무언가가 용암처럼 솟구쳤다

즉석에서 팝콘을 튀겨내듯 뇌리 속 생생한 한 편의 시, 수화와 몸짓을 섞어 들뜬 청춘으로 낭송했다 혹, 꿈은 아닌지 허벅지를 살짝 꼬집자 살갗 위로 통증의 여운이 끊어지지 않는다

잔잔한 바다 타국의 배 안에서 즉흥 간이무대는 모두 가수가 되고 시인이 되고 댄서가 되어 온종일 한바탕

폭소를 터트린, 여행 내내 웃음꽃 입에 물며 포식했던,

오래전 이야기인데 잊힐 기미가 전혀 보이질 않는다

투표장 가는 길

탱글탱글 영글어 알곡 같은 아들딸과 투표하러 간다
힐끔힐끔 확인에 또 확인을 한 후에야
단 한 표 유권자로 당당하다
움츠렸던 어깨 오늘 단 하루만이라도 쭉쭉 펴고
어젯밤 밤새 곰곰이 저울질하며 이쪽저쪽 갈등의 폭 넓혔던,

엄마,
난 누가 누군지 모르겠어요
어쩜 그 말이 정답이다

후보자별
학력, 경력, 공약들로 꽉 채운 맛 집 광고 같은 허구의 애드벌룬만 허벅지다

아들딸아

세상은 누군가를,
무엇인가를 선택해야 하는 억지 정의도
까마귀 울음으로 맺힐 때도 있지

삶의 모서리마다 붉은 도장을 찍어야 할 때도 있음이
란다

과녁을 향해 조준하는 사격선수의 탄착점처럼 내 한
표 당선으로 명중되기를 바라지만,
과녁 밖 세상도 늘 오차점 안에서 붉은 낙관을 찍고
있다

소문이 돌다

복사꽃 활짝 핀 어느 날
솔이네 집,
애지중지 키워둔 난 화분이
손을 탓 단다.

적금들 십오만 원 현금은 손도 대지 않고

참 별난 손님,
베란다 화분들만 마구 헤집어놓아
봄을 잃어버렸다는 소문이 자자한데

어쩌나 난,
며칠 전
시어골에 들어
고추순, 오이순, 다래순에 달래까지
사정없이 캐고 뜯어 왔는데

그 손님

꽃 도둑이면

난 영락없이 봄 도둑이었으니

내 소문 더 짙어 산허리 맴돌지나 않을까

참외

노랑머리가 별명인 소꿉친구가 참외를 들고 찾아왔다 서른 해도 더 농익은 시간의 향기가 참외 속에서 주르르 흘러나올 때 아버지가 잠 설치던 원두막이 생각났다 탯줄을 끊은 아기 다루듯 구석구석 씻겨 고랑이 선명하고 반질반질한 것들만 골라서 서울 중앙시장에 딸 시집보내듯 출하시켰다

열 살 터울인
보름달 같은 큰언니 시집가던 날,
그날도 아버지는 밤새 원두막을 지키셨다

우리 육남매
입 열고
귀 열게 해준
달콤한 젖줄같이 귀한 참외 섶에서

우린

홀쭉해진 어머니 젖무덤도 잊은 채

진종일 햇살 한 줌 샛노랗게 익혀 노을에 띄웠었다

오늘 내 시상詩想 새ㅅ노랗게 골이 선명하다

향기를 비비는 여자

오월엔 그녀에게서 향기가 난다

오이순, 고추순, 어수리에 두릅 옻순 등 봄 향은 그녀의 옷깃을 타고 저잣거리를 봄단장 시키고
그녀 입가엔 나물향이 폭죽처럼 터진다

결리고 쑤시고 안 아픈 곳 없다고 약방문 미닫이 여닫듯 살면서
봄은 그녀를 일으켜 세워 지탱시키는 단단한 지팡이다

앞 · 뒷산 새 촉 같은 연둣잎은 그녀의 모르핀일 것이다
혈관이 팽창하면 골안산이며 시어골,
청솔모를 앞세워 봄을 따는 그녀

그녀의 살갗,

뼛속은 온통 봄바람을 타는 멜로디의 음표로 오선지 가 빼곡하다

봄,

봄이 그녀를 부른다

그녀가 봄을 마중하여 정情 비비는

손등이 두툼하고 솜씨 좋은 여인!

그녀는 봄이며, 꽃이고, 연둣빛 향기다

나비 커플

커플 티 차려입은
부전나비 한 쌍
흰 바탕 날개 가장자리 줄무늬가 화사하다

외줄을 타듯
종잇장 같은 얇은 망초꽃잎 위로
곡예사처럼 묘기의 절정이다

평생 밀물과 썰물 같은 삶으로
주름투성이를 뚫고 날아오른 골진 한 생이 자유롭다

몇 해 전 몇 달 사이로 돌아가신
윗마을 노부부

혹여
노부부

석 달 열흘 전부터 날 잡아 고향들녘 소풍 나온 건 아닐까

국밥

곤지암 읍내 허름한 골목으로 들어서면 동서옥, 구일
옥, 최미옥 등 제각기 원조집이라는 세월을 푹 눌러쓰고
함께 늙어가고 있다

국밥 한 그릇도 보양음식이라는 문구로 손짓하며
수삼가닥 덤으로 선심 쓰듯 내놓는다
허기져 움푹 파인 수저 위로
고봉 밥 숟가락에 머리고기 소주잔이 오고 간다
어언 삼십여 년 전
낮은 천장의 허름한 식당,
문밖 가마솥 내걸고 장작불로 푹 고아낸
입안에 착착 달라붙는 아릿한 맛은 아니라며
자판기 커피 손에 들고
서성이는 사람들 사이로 마른번개가 하늘를 가를 때
흥건하게 넘치는 음식물 쓰레기통에 파란 불꽃이 인다

세월은 흘러도 국밥 한 그릇이 데워주는 정으로

가슴께 땀방울이 미로를 헤맨다

3부

가족 음악회

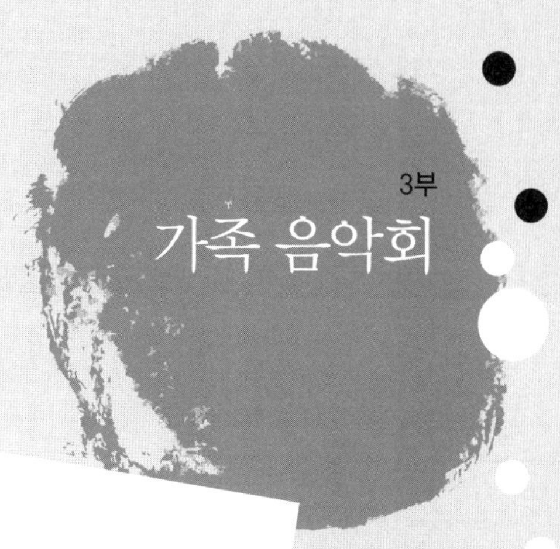

(4 월 제 45 집)

♡♡♡ 사랑 그리고
다래와 머루 ♡♡♡

사랑의 문을 열어보셔요.

(1998. 4. 30)

보관용

류머티즘

류머티즘 진단을 받았다는
동생의 울먹임이
전화선을 타고 외로이 흔들렸다

콕콕, 가시에 찔린 듯
내 관절 마디마디 팅팅 부은 듯

고인 물에 퉁퉁 불은 무릎 관절에 쉰내를 풍기며
고무신처럼 평생 달고 사셨던 엄마,
그 엄마 목소리 섞어
신신당부 말 실타래처럼 풀어놓았다

탱자가시 한 움큼 털어 넣은 듯
입안이 화끈거리지만 내 어이 그 통증을
읽을 수 있으리오만
내가 반만 덜어오면 네 관절에 새싹이 돋을까

장롱을 바라보다

깊은 밤 면벽하듯 바라본다.

원시림에서 자라 생이 꺾인 채
벌크선 타고 건너왔음직한 전신이 호두나무인

노련한 손재주로 쪼아내고 짜 맞춘
퍼즐들 집합 속에
반듯이 걸려 있는 삼색 옷들이며
네 귀퉁이를 딱 맞추어
개켜 넣은 이불 서너 채 가슴에 들여놓고

찌든 세월의 무늬
검버섯처럼 피어 있지만
물관을 잃어버린 나무는 끄떡 없이
삼십 년을 넘기고도
묵묵히 안방을 지키고 있다

노안

눈이 침침하여 안경점엘 갔다
눈이 늙어 돋보기를 써야 한단다

노안,
무언가 배수로 따라 쑤욱 빠져나가 버린 듯
우울함이 밀물처럼 밀려온다

그런들 어찌하랴
쓸리고 쓸려 이제 몽돌이 되어가는
뉘라도 거역할 수 없는 길
젊은 수정체는
여전한 것 같은데

실 계곡에서 냇가를 지나온
도도한 강물처럼
내 안에서도 사방이 넓어지고 있다

멀리 더 멀리
뿌우연 안개에 휘감긴 세상도
그대로 봐 주란다면

어디 앞 더듬어 그길 못 찾을까 싶으랴
허공에 맺힌 이슬이여

시외버스

시외버스 안
금방 쪄낸 고구마 같은
모락모락 김이 나는 햇살 한 자락
유리창 안으로 막 들어서고 있다

삼십여 년 전 유행의 물결 타고 넘던 노랫가락도 바싹 다가 와 차표를 내민다

엉덩이는 달싹달싹
입에서는 흥얼흥얼
톡톡 튀는 목젖의 울림들이 뽀얀 흙먼지 일으켜 세우고
엔진은 숨이 차 그렁그렁 하면서도
정류장 옆 극장, 야한 포스터에 그만 발기를 하고 만다

내 젊음 싣고 달렸던 만원버스 구성진 안내양 입담에 귓전이 간지러웠다

울퉁불퉁 산모롱이 속을 굽이치며 기어 온

삶의 희미한 흔적들로

버스 안은 늘 질펀한 장마당이다

새벽기도

어느 날

예고 없이 배달된 특급메일에

속내 까맣게 타

일상이 깜깜한 동굴 속 어둠 같았을 때

말없이 다가오신 당신

첫새벽

기계음 같은 신호로 오차 없이 깨워주시고

한달음에 달려가는 발걸음엔

설렘들로 가득 차오를 때

말없이 손 꼭 잡아주신 당신

맑고 따스해진 마음 밭에

막, 말문이 트인 아기같이

삐죽삐죽 움트는 감사의 새싹들로

첫새벽 또 하루를 시작하는

아,

이 가을

비우고, 씻어내고, 툭툭 털어내며

믿음의 씨알 뿌리 내리게 도와주시는

귀하신 당신!

부부란

서로 다른

실 계곡 물줄기 지천에서 만나 한 몸 이루며 낮밤을 지새워 파뿌리가 되었다

강 위로

바다 아래로 향하는 것이었던가

낯선 소로에서

길을 묻던 나그네로 만나 평행을 이루었다

그렇게 걷는 것이다

장애물 없는 도로가 어디 있으랴만

질주하는 본능으로 행복에 젖기도, 폭풍우와 마주하는 가쁜 삶이 고단할 때도 있었다

청정해역 돌미역같이

마음 한쪽 서로에게 뿌리내리고, 파도에 씻긴 몽돌처럼

둥글게 닮아가는 것이다

뼛속이 비어간다

클릭, 클릭 뼈란 뼈, 206개를 모두 찍었다

끄떡없을 줄 알았던 몸 한 곳에 삐걱대는 신호음이 들려왔다
골 감소가 되고 있단다
허겁지겁 허기를 메우려다 딱 깨문 모래알에
입맛이 싹 가시듯
두 다리가 후들거렸다

콩이며 멸치며
뼈에 이롭다고 이름 붙여진 것들 모두 냉대했던 시절이 나를 빤히 바라보고 있다

촘촘했던 마음 골밀도도 줄어들고
무슨 일이든 척척
왁자지껄 너스레 떨던 수다들도 텅 비었다

굵은 세월의 뼛속도

구멍이 숭숭 뚫렸으니 이 부실한, 내 생의 가을은 어찌하나

몸살을 앓다

먹구름 우듬지에 내려앉는 날
소금물에 풀죽은 얼갈이배추마냥
견고하던 감정의 담장도 스스로 무너질 때 있다

곧게 뻗어 오르던 생각의 줄기
짙푸르던 일상도
잠시 열병을 앓고 있다

양지와 음지 바람처럼 넘나들며
알게 모르게 얼룩진 내면을
꼼꼼히 체크해본다
하루, 또 하루
마음 안쪽 살결은 더 단단히 견고해져가고

목이 바싹바싹 타
이 여름

끼니처럼 먹고 살던 절망마저도

생 몸살 중이다

염색을 하며

마음이야 늘 소녀,

육십도 안 된 나이에 파뿌리 같은 흰머리, 잡초 자라듯 수북이 올라온다

정수리부터 단풍 들어 내려오는 길에

나는 외출 중이다

손 원장 손놀림

절인 배춧잎 사이사이 양념 골고루 펴 바르듯

노련한 놀림에 마술처럼 변하는

나의 백년해로에 까만 먹구름이 너울지면 난 자유부인이 된다

문득 내 안

움터 오르는 욕심의 뿌리

바늘구멍보다 더 좁은 소갈딱지에도 무지개를 띄우고 싶다

속내 자유롭게 풀어놓고
순수 심상心想을 키우면 행간마다 핀
야생 양귀비를 원고지 위로 옮겨볼 작정이다

길어야 한 달 안팎,
가면에 수삼 년을 숨기고
백발과 흑발의 아찔한 영토분쟁을 조정해본다

시간을 닦다

딸아이가 방금 마셨던
삼백오십 밀리 유리병을
이십팔 년 전 젖병을 닦아내듯 씻어낸다

가물가물했던
젖내음 기억들이 뭉클 떨어져 나온다

마음속 언젠가부터
아교처럼 붙어 있던
몇몇 불협화음과 투박한 고집이
탁구공 톡톡 튀는 세대를 넘나드는 별난 성깔들도
깨끗이 씻어내면

막 소독을 끝낸 아가의 우유병같이
너와 나,
마음 행간도 저토록 반짝여

햇살 한 자락 퍼 담을 수 있겠지, 딸아!

추억의 냄새

아침 산 내려오는 길목쯤
읍내 시장 안 기름집 옆 지나듯 고소한 내음 가득하다

꽤 널찍한 밭에
거미줄마냥 서로 어깨 맞대고
촘촘히 서 있는 들깨는
속살에 고소한 빛을 채워가고 있는 중이다

더러는 누렇게 농익어 가는 지워진 길가에
여직 푸르름 매단 채
떫고 덜 여문 생의 한 시절
애타게 부여잡고 있다

문득
아득했던 그때가 새로워 먼 산을 응시하며

옹이 박혀 반질반질한 마루에 둘러앉아
갓 짜온 들기름 듬뿍
행복을 비비고 또 비볐던
그날의 냄새가 코끝을 스치면 별빛이 산 그림자를 지운다

엄마의 기제 날

돌아가신 지 삼십 년이 다 되어도
엄마를 그리며 몇 줄짜리 시 한 편 써보지 못했다

딸 노릇 한번 제대로 해보지도 못했다

농사일로 자식들 위해 손가락이 갈퀴가 되었어도
힘들다 푸념 한 번 없으셨던, 세상 모든 엄마들은 그렇게 고된 일만 하시는 줄 알았다

사춘기 딸 펜팔 편지도 다 들어주셨고
잘 썼다며 칭찬을 답장처럼 하셨다

조금씩 영글어 가는 자식들
차례차례 서울로 유학시켜 먼 세계를 염탐케 하였다

엄마의 몸에선 푸석푸석 생 먼지가 날렸던

그런 기억 애써 외면하며

굽어 삐뚤어진 어머니 손가락

서까래쯤으로 피사체로 세워두었다

어머니 기제 날

삼색 과일에 골고루 차려진 상 받으시러

소리 소문 없이 다녀가셨다는 전언을 전하는 달빛 윤슬에

우리 엄마 초상화가 뜬다

가족 음악회

새 옷 입듯 달력도 새 단장한 정월 초입이다

거미줄 같은 핏줄, 오십여 명이 모였다

방학이 기다려지던 시절
동지고개 넘고 또 넘어 꼬박 시간 반 걸렸던 외갓집,
두레박으로 우물물 길어 올리듯
수다들이 호롱불 밝히고 있다

인고에 진 주름 활짝 펴시던 집안 어르신들
보름달에 미소 띄우실 때

파도처럼 리듬을 타고 넘는 구성진 가락과 서너 악기가 춤사위를 이어갔다
탈을 쓴 동생 코믹 개그로
배꼽은 추녀 끝 박처럼 덜렁거리고

우린 하나 되었다

지금은
곁을 떠난 어머니와 외삼촌 이모가 그리워
그,
그리움 꾹꾹 눌러
음정 박자 눈치껏 염탐하노라면

먼 밤의 불빛이 울컥 맥놀이가 짙어 별빛이 자지러진다

기도

이른 아침
무릎 꿇고
가만히
나직이, 내 안을 들여다보았다

엊저녁까지만 해도
아니, 방금 전까지만 해도
대나무 속처럼 다
비워냈던
비웠다고 생각했던 마음 안쪽 구석에

발진처럼 돋아나는
잡념의 부스러기들

두 눈
지그시 감으니

감은 눈에만 보이는
마음의 공터에 잡초만 무성하다

끝이 보이지 않는다
심연의 운무가 너무 짙은가 보다

사전 모의

무슨 선물 해드릴까 궁리를 하다
언뜻 방송을 통해 보았던 현수막 문구가 스쳐 지나
간다

백수를 오 미터 정도 앞두고
골 시멘트 시술 받으신 후유증에
아버지의 뼈마디는 푸석 시들고 있다

신주단지 모시듯 애달파하는 아들 환갑날
그 나이에 박사모 쓰고 찍은 가족사진을
천연조미료 같은 '사랑합니다' 문구와 함께
액자에 고이 접어 벽에 걸면
살아오신 흔적 뿌듯해하실 것 같아
자식들 모여 의견 주고받느라
단체 카톡방이 오일 장터처럼 시끌시끌하다

청춘을 돌려달라는 어느 노래가사처럼
팽팽했던 청춘 다 바쳐 키워낸 자식들 너머로 수의가 날고 있다

자신은 빈껍데기만 남겨두고 더 주지 못해 애달파하시는
아버지 움푹 파인 주름 사이로

설핏, 웃음기 넘쳐 노을을 적시면 우리들 사전모의에 하늬바람 머물까

순자 언니

내 키보다 다섯 뼘이나 더 컸던

순자 언니 달콤한 꼬임에 빠져

꼼짝없는 서리꾼 되었지요

깊이 뿌리내린 옥수숫대 밑동 꺾어

단물 빨다가 밭주인에게 들켜 나 살려라 줄행랑도 쳤지요

검정 고무신 한 짝 돌부리에 걸려

삼켰던 단물 눈물로 홀랑 다 쏟아내고

무릎에 이명래 고약도 발라야했지요

싸리 울타리 넘어 순자 언니네

밤낮으로 고함소리 들끓더니

어쩌나, 어쩌나 밤새 폭풍처럼 온 식구 야반도주 해버렸지요

어젯밤

비얄길 살금살금 기어오르던

앗,

기억들 쪼르르 따라와 단잠에 빠진 꿈

꿈이었네요

고향,

추억은 늘 날개가 있어 나 있는 곳 어디에도 무소부재無所不在하지요

여백의 미

아파트 담장 바로 밑 자투리 공간에
텃밭이 일구어지고 있다

자기들만의 영역 표시로
돌담 쌓고, 표시줄에 붉은 천을 띄워 전쟁이 끝난 국경 같다
상추, 감자, 고추며 야콘까지
오밀조밀 키우고 있다

저 작은 텃밭에도 사람들 욕망으로
갈등의 씨알들 키 재기하듯 무성하게 자라고 있을지도 모른다

바늘구멍 소견으로
내 것, 네 것 촘촘하게 따지면 눈을 가린 저울천사가
농익은 결정을 미룰지도 모른다

아무것도 심지 않은 텅 빈 공터 하나쯤 있어도 좋겠다

구름 한 점 없는 초가을 하늘이 온통 여백으로 쾌청하다

고사告祀

추수 끝나 손 없는 날 택일하여 목욕재계 하고
뒷산 고슬고슬한 황토 흙을 양은다라에 고봉으로 퍼다
사립문 앞에 놓았습니다

무쇠솥에 떡시루 얹어 뽄 붙이고
아궁이에 장작 밀어 넣어가며 무슨 주문이라도 외듯
중얼중얼,
이웃 마을 통미산 아래 사는 무녀처럼
집안이며 자식들 무사 무탈에 내년 농사도
잘 되게 해달라며 손바닥이 닳도록 빌고 또 빌었지요

그런 정성으로 우리 육남매는 어머니 기도를
넙죽넙죽 받아먹고 풍년 든 가을들판처럼 영글었습니다

어느새 내가 어미되어

그 시절 무녀처럼 빌고 있음은 내 안에 고스란히 들어 앉아 계시는 어머니의 파문,
붉디붉은 황토 흙을 노을처럼 보라 합니다

사립문 밖 희미한 전봇대가 갈바람을 부르면
영락없이 찾아드는 어머니 미소,
내게 늘 고사 날이라 목욕재계 하라십니다

해녀가 되고 싶다

심해로 내려가
바위 밑에 납작 엎드려
꼭꼭 숨은
탐스런 시어들 찾아내고 싶다

출렁이는 세상
수심 깊은 곳으로 자유롭게 넘나들며
자맥질하리라

차갑고 시퍼런 파도의 갈퀴에
온몸 검게 멍들지라도
물의 무게에 짓눌려
목까지 숨이 탁탁 막혀 올지라도

보석같이 빛나는 이미지 몇 개
꼭 건져 올려

영혼을 위한 밥상을 소박하니 차리고 싶다

삶이 거기 있었다

생의 가파른 계단을 올라
중년이 되어 얻어버린 이름표
'아줌마!'

수북하게 움튼 채마밭 상추처럼
오글오글 모여 앉아
탈색된 추억들을 이 잡듯 꾹꾹 눌러 잡고 있다

보글보글 구수한 두부전골에
걸쭉한 입담까지
메 · 고주알 구중궁궐 야사에 살아온 얘기 진득이 풀어 놓고선
소주잔에 눈물 몇 방울
마음골방 쪽문까지 확 열어젖혔었다

한때

혹독했던 IMF 한파로
남정네 대신 일터로 뛰쳐나간 이름표도 없던 그들,
치장도 없는 '아줌마!'

저들이 끓여낸 모진삶이 얼큰해 코끝이 찡하다

전쟁 중이다

자라는 속도가 골안산 계곡 물살 같다

며칠 전
혓바닥으로 핥아내 듯 걷어낸 파밭에
쇠비름에 비듬나물, 바랭이 풀까지
다시 제 영토 확장하고 있다

소리 없는 싸움의 시작이다
진지를 점령한 잡초들 뿌리째 뽑아 버려야겠다,
마음만 먹었는데
온몸으로 버티고 있다

나도 안과 밖과 크게 다르지 않아
우후죽순 올라오는 잡초
뽑아내고 또 뽑아내 봐도
명상의 키 불쑥 불쑥 뛰어넘고 있다

뜯기고 찢겨

피 흘리면서도

쑥 쑥,

모난 돌 정 맞듯

하루하루가 난장이다. 누굴 원군으로 청할까

바람

어둠이 내려
고요가 짙어져도 바람은
불고 또 불어댄다

나무를 뿌리째 흔들어 뽑아낼 듯
성깔 사나운 강풍
의혹투성이로 수 없이 질척이는
물음표의 바람,
바람들

그리도 잦은 질문 풀어헤치고
절망이 떨어져 낙엽처럼 나뒹구는
폐허의 밥상 차려진
그곳부터 달려가
마음부터 다독이거라

핏줄의 바람아! 역사의 바람아!

어젯밤 내 꿈결을 까치발로 몰래 다녀간

아주 사소한 바람아

그림자

앞서거니
뒤서거니 늘 호위병처럼 따라 나선다

그러다
눈이라도 확 마주치면
그대로 정지
머리를 흔들고 발을 구르며
손사래를 쳐도
동영상 찍듯 따라 하는

어둠 내리면 슬쩍 몸 숨기다가
삶의 길목이며 희로애락 빛 따라
동행하는
생의 끝까지도 동행할

수많은 생각들로 꽉 차 있는

내 안, 정녕

그런 속내로 따라 왔을까

알면서도 모른 척 하는 것일까

지천을 지나다

한가로이 노는 청둥오리 서너 쌍
수컷의 치장이 더 화려하여
금술 좋기로 소문 난 중년의 목련댁 부부 같다

야트막한 물가 외발의 왜가리는 긴 목 쭉 빼내고
공간을 낚을 준비에 여념이 없다

객지로 나간 자식들,
이제나 저제나 오려나
퀭한 눈 빠질 듯 기다리는 등은 점점 대지大地와 가차이
굳어져 가는 엄마와 같다

물 위를 떠가는 버들잎 한 장
문득 세월이 보여 자꾸 뒤돌아보는데
앞만 보고 달려가는 저 강물이
오늘은 내 스승 같다

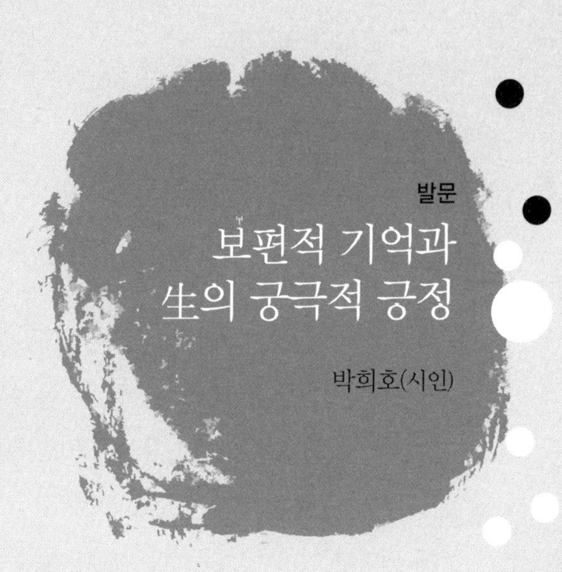

발문

보편적 기억과 生의 궁극적 긍정

박희호(시인)

발문

보편적 기억과 生의 궁극적 긍정

정윤옥 시인의 시는 직접적 체험과 기억이 묻혀 있는 사실적 공간에서 나를 통해 보는 개성적 균열이 없음에도 극점에 도달하는 자아가 면밀하게 공존하고 있다. 시인은 등단 이십여 년간 『너른고을문학회지』를 통해 해마다 3~5편씩 작품을 발표하였다.

달리 말해 자신이 독해한 언어를 세상에 내놓는 것 조심스러워했다. 고집스럽게 기억의 끄트머리와 생의 긍정을 끈임 없이 추구한 자아를 실현시켜 보고자한 시인이라 할 것이다.

시인은 자신의 시 세계를 구축하기 위해 감정을 효과적으로 표현할 문장과 언어수단을 선택하고, 독자와 작가 두 주체를 상호의존적인 관계로 연결할 고리를 찾아 고민한다.

창작은 모방이나 파생에 의한 것이 아닌 '독창성'과 '개성'을 중요시하므로 현실 이상의 진실성을 갖추어야 시로서 함축된 언어를 승화시킬 수 있는 가치가 발생할 것이다.

그런 의미에서 시인은 과거의 기억과 현재의 生을 적절한 시구를 통해 연결하고, 그 사고의 긍정적 의미를 독자와 공유하고 끊임없이 소통의 구조에 대한 얼개를 짜고자 고민한 흔적이 각 시편마다 역력하다.

철학자 '퍼스'가 처음 만들어낸 실용주의에 기반 한 '기호실재론'의 지표指標에 대한 '방향'이나 '목적' '기준'을 나타낼만한 구체적 반어적 시심詩心은 시인에게서 찾을 수 없으나, 대상체 사이의 인과적인 관계는 곳곳에 내재되어 있음을 엿볼 수 있다.

발이봉 정상 선들바람처럼
바람 씽씽 나오는 농협 골안지점
한쪽 귀퉁이에 우두커니 서 있는
공과금 수납기
월말 가까워지면
목구멍이 꽉 찰 때까지

우주인 특별식 같은 난 숫자와 바코드가 찍힌
얇은 종잇조각 염탐하듯 삼키곤
번역한 언어의 답례표 한 장
달랑 내밀더니

허한 속 과식으로 탈 나
응급실 밥 먹듯 갔던
해당화 마을 보라 엄마같이
삼킨 난수표를 울컥울컥 다 토해내기도 한다

마시고 내뱉고
채우고 또 내보내며
수위조절 하는 일상이 누릇한 은유
한 가닥 잡아채보면

내 안에도
나만의 바코드를 읽어내는 수납기 하나 웅크리고 있다

—「수납기」 전문

시중 어느 은행에 가더라도 이젠 보편적 사물처럼

우두커니 서 있는 수납기, 그 수납기를 통해 시인은 독자와 인과관계를 설정하고 있다.

시인은 현실의 구체성이라는 자신의 시적 시심을 근원적이고 원형적인 것에 대한 영역으로 현저하게 이월시키고 있다.

"월말 가까워지면 / 목구멍이 꽉 찰 때까지 / 우주인 특별식 같은 난 숫자와 바코드가 찍힌", 이 궁극에는 이 시대를 살아가는 주부들에 대해 시인 자신의 경험으로 언어를 부활시키고 있다.

또한 시의 문맥으로만 보면 다른 상황의 기억, 보라 엄마를 통해 난수표를 의인화해가는 과정에서 시인의 직접적 체험과 기억이 묻혀 있는 사실적 공간이자 동시에 시인이 아스라이 넘어온 만만찮은 세월을 은유하는 상징적 공간이라 할 것이다.

다만 「수납기」를 통해 좀 더 밀도 있는 시인의 공간적 확장성을 적절하게 이용하지 못한 제약의 아쉬움은 있다.

그렇다 하더라도 시인이 실제로 겪어온 노동과 가사의 세목들이 확연하게 제시된 것은 시인의 사회적 상상력이 커다란 존재론적 전회轉回를 일으키고 있다고

할 수 있다.

달거리처럼
그는 매달 녹색 스쿠터를 타고 와
혈압 재듯 집의 내밀한
어둠의 사용량을 체크한다

문득,
절약이라는 단어를 책장 갈피에 넣어두고
펑펑 써 버린 수돗물과 전기 그리고 가스,
혹 내 맘도
얼마만큼이나 소비 했을지
와락! 붉은 계기판 바늘이 멈춘
고요가 궁금하다

때때로 안절부절 불안한
씨앗을 흩뿌려놓았던 가슴께 텃밭은
쇠비름 바랭이 풀까지 가득하여
도무지 내 심사의 사용량을 더듬을 수 없다
머릿속 산만하던 날

여직 사용되지 않은 숱한 욕망의 양을
꼼꼼히 검침해보는데

어쩌나
또 두어 눈금 올라 간
바늘의 지표
아, 비옥하지도 않은 이 욕망의 눈금을
언제쯤 다 소비하고

더디게 더디게 도는 계량기의 속도와 보폭을 맞출 것
인가

―「검침」 전문

이 작품에서 시인은 대상의 구체적 부재에 의해 생겨나는 결핍의 정서를 그 안의 대상에 대한 간절한 집착을 숨기고 있지만 절약이란 욕망과는 달리 이제 그 대상을 상대로 안도감을 담아내고 있다. 극적 그 자체로 생의 형식을 구성하고 대상에 대한 실제적인 만남을 욕망하지 않는다.

그러나 시인은 "문득, / 절약이라는 단어를 책장 갈

피에 넣어두고 / 펑펑 써 버린 수돗물과 전기"의 현실에 문득 다가서며 기다리는 대상이 현실적으로 나타날 것에 대한 소망을 노래하는 것이 아니라 기다림 자체가 생의 불가피한 형식이라는 점을 노래하고 있다.

나아가 시인은 언어를 충분히 가라앉히면서 자신의 내면과 실존을 향하는 구심력의 목소리를 정성스럽게 시의 언어로 끌어들이고 있으며 "어쩌나 / 또 두어 눈금 올라 간 / 바늘의 지표 / 아, 비옥하지도 않은 이 욕망의 눈금 / 언제쯤 다 소비하고", 삶과 사물을 파악하는 키워드로 보편적이고 원형적인 세계에 깊은 침잠沈潛을 시도한다.

또한 시인의 시심은 직접적 체험과 사실적 공간이자 동시에 인생의 강가를 서성이고 있는 기억이 너무 멀어, 버리고 싶은 길을 두고 벽에 기대어 선 채 뭉개진 반쪽 생애를 부활하고 있다 할 것이다.

결국 시인의 인생론이 회한과 긍정을 다 가지고 있다 하더라도 그 시간에 대한 그리움의 상생을 통해 생의 궁극적 긍정에 이르고 있는 것이다. 그 적멸의 목소리는 시편 곳곳에 씨줄날줄로 풍경을 복사하고 있다.

그런 의미에서 「검침」의 작품은 충분히 시인의 시적

풍미를 더한다 할 것이다.

주먹만 한 씨감자, 씨눈을 보석 다루듯 부드러운 손길로 요리조리 잘나낸다

수십 명의 생개* 회원들이
비닐 씌우고 오차 없는 눈대중으로 간격 맞추어
씨감자를 모셔놓는다

모종삽으로 씨감자에 흙을 덮는 중년 촌부들
흐드러지게 핀 꽃처럼 보인다

농사가 주업인 아낙네들 손놀림은 달인 수준이다

한 생을 조목조목 펼쳐가며 평상 위에 앉아 달게 먹었던
분이 왁자한 찐 감자를 그려보다가
어젯밤 숨죽이고 읽어 내려가던 시 한 편을
막 떠올려 보는 찰라,
농협 부녀부장님 양손에 들고 오신 간식거리가
희미했던 시 구절을 환하게 밝힌다

씨감자가 피워내는 보랏빛 꽃대에 시 한 편 열리면

알알이 여문 땅 속 의문에

나는 그대로 시들고 만다

―「시, 감자를 심던 날」 전문

적멸寂滅이라는 절대적 고요 앞에서 시인이 추스르는 것은 풍경의 몰입이 아니라 자연에서 자신의 마음을 발견하고 그것을 시적으로 재구성하는 것이다.

또한 시인이 확연한 전경前景으로 삼고 있는 것은 '씨'라는 상징 공간을 통해 발견하는 시의 힘겨움과 아름다움 그리고 그 사이에서 아득하게 피어나는 그리움의 정서를 노래하는 것이다. "한 생을 조목조목 펼쳐가며 평상 위에 앉아 달게 먹었던 / 분이 왁자한 찐 감자를 그려보다가 / 어젯밤 숨죽이고 읽어 내려가던 시 한 편을 / 막 떠올려 보는 찰라, / 농협 부녀부장님 양손에 들고 오신 간식거리가 / 희미했던 시 구절을 환하게 밝힌다"

시인의 시적 자아는 강인한 사회적 상상력에서 부드럽고도 겸허한 근원적 상상력으로 바꾸는 힘이 되고 있다. 뿐만 아니라 심미적 분위기로서 극적 반전의 시상을 추구하지는 않지만, 시인 스스로의 몸을 열어 대상과 소통하고자 하는 주체 의지를 대다수 시에서 비유적으로 암시하고 있다.

"씨감자가 피워내는 보랏빛 꽃대에 시 한 편 열리면 / 알알이 여문 땅 속 의문에 / 나는 그대로 시들고 만다" 여기서 시인은 스스로의 지지대, 밝히고 싶지 않은 심연의 고뇌를 어렴풋이 독자들과 소통한다. "나는 그대로 시들고 만다"의 마지막 행은 다음 작품에 선명하게 나타날 것이라 기대해본다.

따라서 시인은 오직 시를 통해 한 몸이 되어 열려 있는 이들의 상상적이고 심미적인 풍경을 직조하는 통로가 된다. 이때 시인의 시상은 역시 화자와의 소통구조를 통해 의미론적 확장을 거듭한다. 그럼에도 시인의 사회성 구조는 여러 작품에서 간절한 생존의 품격에 대한 의미가 미약함에 안타까움을 느낀다.

환갑 진갑 다 지난 남편에게서 여자 냄새가 나기 시작한다

간이 페트꽃병에

진달래 철쭉 아카시아 꽃을 꽂자 푸드득 새소리가

주방을 맴돈다

자존심 깃발처럼 꼿꼿이 세워 생고집 꽈배기처럼 틀고
쩌렁대던 목젖 울림도 단잠을 자는 듯
여성 호르몬이 척척 담장을 쌓고 있다

식사 후 발우 공양이라도 하시듯 습관처럼 옮겨놓는 식기들에서
향수가 발아되고 있다. 그윽하다

잘 드셨다는 고마움의 표시, 얼굴에 선명히 낙관되어 액자 속으로 성큼성큼 들어간다

한쪽 귀를 닫아 둘 줄도
한 발 뒤로 물러설 줄도,
다정해진 어감에서
카멜레온 채송화가 피었다 진다

여자의 DNA를 이식하고 있는 남편의 목덜미에 하얀 성애가 핀다

당신이 있어 내가 시 밭을 일구고 있습니다.

–「DNA를 이식하고 있다」 전문

그 힘겨운 여정旅程의 동반에는 자연스럽게 짝, 남편과 부인이란 고유명사가 있다. 눈부심과 그리움에 이르는 실존적 경로가 바로 가정이다. 시인은 여기에서 낙관의 존재 의미를 다양하게 구현한다. 부정과 긍정, 소진과 부활, 결핍과 의지 사이의 아슬아슬한 균형으로 생을 해석하고 그것을 시의 안쪽으로 적극 끌어들임으로서 시상의 깊이를 구상화한다. 거기에 아름다운 시의 합의를 부여하는 힘의 근원은 '돋보기' 같은 실존이라는 끈질긴 행위에서 이루어진다.

"환갑 진갑 다 지난 남편에게서 여자 냄새가 나기 시작한다" 이 행을 자세히 들여다보면 명퇴한 또래의 내가 있다. 시대가 걸린 우울증이다. 그러나 시인의 역설은 남편이라는 지극히 보편적인 긍정을 시심에서 이식시킨다. 아내, 남편 그리고 가정과 소통해야 하는 당위성을 조절적 기능의 일환으로, 통일되고 일괄된 주체의 구조를 드러내는 기능을 떠맡는다. "식사 후 발우 공양이라도 하시듯 습관처럼 옮겨놓는 식기들에서

/ 향수가 발아되고 있다. 그윽하다", "습관처럼 옮겨놓는 식기들에서" 혹 '그리움'은 아닐까? 대상의 풍부하고도 모호한 의미에도 불구하고 남편은 늘 그리움이란 '기억'을 거치지 않고는 현실의 주체를 경험적으로 회복할 수 없다. "향수가 발아되고 있다" 이 행을 주의하면 시인의 아름다운 정서가 매혹적으로 다가섬을 알 수 있다.

사랑과 감사, 그리고 존경은 동일성의 감각에 의해 발원되고 구축되는 시적 언어의 한 구성 원리가 된다. '기억(과거)'의 원리가 서정시의 핵심이라는 슈타이거의 말을 이 순간만은 긍정할 수밖에 없는 까닭도 공동체적 가치를 현재적 삶에서 회복하려는 열망이 있기 때문이다.

"한쪽 귀를 닫아 둘 줄도 / 한 발 뒤로 물러설 줄도, 다정해진 어감에서 / 카멜레온 채송화가 피었다 진다" 여전히 시인은 시적 행간마다 생의 긍정적 가치를 행하고 있다는 점을 암시한다.

그래서 시인의 이번 첫 시집은 이전 과거와의 급격한 단절이 아니라 더 깊이 있는 현재로의 점진적 전이轉移라는 점을 보여주는 것이라 하지 않을 수 없다. 여전히 시인이 보는 대상엔 굳이 여성의 DNA를 이식시키고 있는 모습이 아닐지라도 치유의 선명한 각인이 있다. 그로 인한 안정적 구조, 안온한 가정 그 점에서 내면의 간단치 않은 파동을 읽을 수 있는 것이다.

하루가 멀다 하고
꽃샘추위 번갈아 오갈 때 혈관질환 조심하란다

120,000km,
그 아득한 길을 사십육 초에
뭍 사연 쉼 없이 자양분 실어 나르는 길마다 자국이 선명하다

폭우로 잘려지고 찢겨나간
자전거 도로 구간을 막고 쌓고 붙이는 공사가 한창이다

그 길에도 녹슨 혈관들이 시뻘건 녹물을 토해놓고 있다
누구도 엿볼 수 없는 길
혹, 나날마다 먹고 마셔 쌓인 낙엽사리 없는지
낯선 기기 앞에 서서

멀미를 한다

내 몸 길마다 핀 녹이 사뭇 궁금하다

―「내 몸의 길」 전문

시인은 일인칭 목소리로 보편적 자화상을 그린다. 그것도 몸, 자신의 몸의 부속인 혈관을 통한 사회 병리를 독파하려는 의지를 보인다. 우리 시대 복판에서 광범한 공감을 불러일으킬 피해에 대한 집단적 소통구조를 잘 묘사함으로 무기력한 사회상을 극적으로 비판하는가 하면 화자가 체득한 긍정주의에 시적 당당함을 노래한 것은 문학적 내상을 입지 않고는 독자의 눈물을 가늠할 수 없다.

시인은 굳이 말하지 않지만 시가 그렇게 말하고 있다. 시를 보자.

"120,000km, / 그 아득한 길을 사십육 초에 / 뭍 사연 쉼 없이 자양분 실어 나르는 길마다 자국이 선명하다" 여기서 화자는 인체의 길, 핏줄의 길이를 의학적으로 풀어놓았다. 그 길마다 심연의 자국을 대조와 대비의 시적 표현으로 변화무쌍한 가락과 리듬을 살려두었다. 뿐만 아니라 "폭우로 잘려지고 찢겨나간 / 자전거 도로 구간을 막고 쌓고 붙이는 공사가 한창이다" 사려 깊은 독자들은 시인 특유의 파괴적 상상력을 읽어낼 수 있을 것이다. 정윤옥 시인에 대한 이해의 실마리 즉, 본질성에 치유의 가능성이 있음을 엿볼 수 있다.

"그 길에도 녹슨 혈관들이 시뻘건 녹물을 토해놓고 있다" 동서남북으로 수많은 도로들이 건설되고, 폐자재들이 환경에 미치는 폭력성을 시뻘건 녹물로, 화자가 지켜낸 육십여 년을 함부로 닦아낸 길로, 비탈진 혈관의 길은 '나'에게 물어야 할 잘못이 아닌 사회적 모순의 구조를 적나라하게 시적 공간으로 옮겨놓았다.

이것은 시인의 시에 폭넓게 나타나고 있는 내향적 이성의 합리성에 근거한 포스트모더니즘 전형의 맥락으로 살펴볼 필요가 있다. 조작이나 위조를 결코 허락하지 않는 시인의 극단적 정직성이 오히려 시를 멍들게 하고, 때론 정직한 분노마저 자기 결벽성에 묻어버림으로서 시맥을 잠식하는 안타까움을 엿볼 수 있다.

남편에게 생물 오징어를 손질해달라고 부탁했다
선생님 말씀 잘 듣는 학생처럼 남편은

내 맘에 쏙 들게 손질해놓았으나
그렇지, 터질 듯 부푼 배꼽이 뇌리에 꽈리를 수놓는다.

벗어둔 안경을 끼고 주방을 보니
점심 식사 후 씻어놓은 식기에 주근깨 같은 점, 점들
무엇이지
순간 번개처럼 스쳐오는
맞아!
오징어 먹물이었다.

오직 하나, 둘을 더하지 못하는 남편의 손길을 믿었던 나는
배보다 큰 배꼽이 되어 허물어지고 말았다
주방 벽, 식기에 묻은 깨알 같은 흑점, 한나절 꿈의 결정체였다

닦는 시간 위로 덧칠되는
얼큰하고 달짝지근한 오징어볶음 맛 바람이 휭!
주방 안을 헹군다

—「배꼽 인문학」 전문

이 시의 시제가 정윤옥 시인의 첫 시집 제호題號로 선택한 분명한 이유가 있으리라 본다. 시인이 가장 소중하게 여기며 시상詩想을 얻는 공간으로서 가정이란 스크린과 이웃, 피붙이와의 면경面鏡은 화자 자신이 설정해둔 하나의 테마파크라 할 수 있다. 화자 자신의 검인정 사유의 공간 내 거울에 해당한다.

아주 사소한 일상을 낚아 채 원고지에 가두는 시인의 보헤미안(Bohemian ボヘミアン)[1]적 자유분방함이 때론 경이롭다. 그러나 아쉬움도 있다. 감정을 지나치게 드러내는 언어의 남발로 시어의 축소가 설명으로 이어지는 과정을 간과한다는 점이다.

시인에게 언어의 절제가 절대적으로 필요하다면 그것은 적절한 시어의 개발과 감정의 압축을 전제한다 할 것이다. 그럼에도 시인은 자조하지 않는 궁극적 긍정을 선택한다. 내적 소통을 달리 표현한 것이지만 터질 듯 부푼 배꼽이 뇌리에 꽈리를 수놓는다. 여기서 「배꼽 인문학」이 탄생하게 되는 시연試演이 시작된다. 이어 시인은 점심 식사 후 씻어놓은 식기에 주근깨 같

1) 속세의 관습이나 규율 따위를 무시하고 방랑하면서 사는 자유분방한 삶.

은 점, 점들 '점'을 이용한 인문학 서막을 스크린에 투사함으로서 시의 극적 구성과 긴장감을 고취시키는 데 성공하고 있다 할 것입니다.

이어 시인은 "주방 벽, 식기에 묻은 깨알 같은 흑점, 한나절 꿈의 결정체였다"의 '흑점'을 넌지시 "한나절 꿈의 결정체" 로 도치(inversion, 倒置法)[2]시킴으로서 시의 절정과 동시에 한 편의 '인문학'을 완성하는데 이른다. 이 시에선 시의 교침, 즉 베갯모 같은 기승전결이 잘 이루어진 드라마를 완성하게 된다는 것이다.

노숙자로 떠돌다

구멍 숭숭 뚫려 얇은 뱃가죽만 남았구나

알면서,

사각대는 네 속울음 못 들은 척

툭, 툭

발끝으로 널 읽지 않았다

허름한 쉼터에 핏기 없이 앉아

2) 정상적인 언어 배열 순서를 바꾸어 놓음으로써 강한 인상을 주려는 표현 기법.

새들처럼 깃털도 없이 구름 위를 거닐며
시인을 꿈꾸던
윤기 나던 젊은 그 즈음 더듬다가
옴팍한 사색이란 골짜기에서 길을 잃고 만다
이제야 알 것 같다
즈믄 생生 길목 어귀에서
흐드러지게 나뒹굴다, 나뒹굴다 되돌아갈 수 없는 길

그 길목에서
푸르른 시절 몸,
몸을 접어 대지의 탯줄에
기대선 네 모습에 어느 짧은 시 한 수를 놓으련다.
엽록소 잃고 / 노을에 불타다 만 / 귀휴하는 나그네여!

–「낙엽에게」 전문

이 시에서 시인은 시인 특유의 서정성과 더불어 '나'와 '너'라는 공간적 미학을 탐구한다. 정윤옥 시인의 시의 본질은 아마도 서정성에 있지 않을까, 하는 생각을 하게 된다. "노숙자로 떠돌다 / 구멍 숭숭 뚫려 얇은 뱃가죽만 남았구나" 첫 시구부터 낙엽을 노숙자로 의

인화擬人化시킨다.

'시'란 독자와의 소통구조에 대한 얼개를 짜는 것인데 시 첫 행부터 끝까지 긴장감을 끌고 가기란 여간 어려운 일이 아니다. 그러나 시인은 과감하다. 그리고 호흡도 거침이 없다. "사각대는 네 속울음 못 들은 척 / 툭, 툭 / 발끝으로 널 읽지 않았다" 이 연에서는 통제하는 이성과 분출하려는 감성 사이에서 번민한다. 그럼으로 미적 경험을 확장 또는 유지하려는 태도로 한 단계 전이轉移되는 소묘를 노래하고 있다.

이어서 "허름한 쉼터에 핏기 없이 앉아 / (중략) / 윤기 나던 젊은 그 즈음 더듬다가 / 옴팍한 사색이란 골짜기에서 길을 잃고 만다" 시인은 미적 세계로 몰입하려는 의미 있는 탈출구를 모색하고 있다. 치밀하게 조명한 아픔 한 자락을 깔아두고 "이제야 알 것 같다 / 즈믄 생生 길목 어귀에서 / 흐드러지게 나뒹굴다, 나뒹굴다 되돌아갈 수 없는 길" 생존을 위한 인식 구조 안에서 시인은 기억 속에 잠재된 이미지와 흔적들 대부분은 돌아갈 수 없다는 '꼭지'에서 발견된다. "그 길목에서 / 푸르른 시절 몸, / 몸을 접어 대지의 탯줄에" 감각이나 내성을 통해 획득한 시인의 감정이입이 결부되어 다른 맥락에서 인식할 필요가 있고, 독자와의 미적 거리를 적당히 유지하여 심미적 긴장감을 극대화해 나가는 시인의 절창이 돋보이는 작품이라 할 수 있다.

> 저 작은 텃밭에도 사람들 욕망으로
> 갈등의 씨알들 키 재기하듯 무성하게 자라고 있을지도 모른다
>
> 바늘구멍 소견으로
> 내 것, 네 것 촘촘하게 따지면 눈을 가린 저울천사가
> 농익은 결정을 미룰지도 모른다
> 아무것도 심지 않은 텅 빈 공터 하나쯤 있어도 좋겠다
> 구름 한 점 없는 초가을 하늘이 온통 여백으로 쾌청하다
>
> —「여백의 미」 부분

시인의 미적 속성은 추상적 사고를 통하여 얻어진다는 사실에 기초하여 이성적 인식이 아닌 감성적 인식을 노래한다. 또한 시편들의 주관적 정서나 내면 울림을 고정된 인식과 일상화된 감각의 틀을 벗어나려 노력하는 과정이 참으로 아름다워 보인다.

나아가 충족할 수 없는 결핍을 체험하며 사고하는 노력이 이 시의 전문에 흐르고 있다. 그렇기에 시인의 본질은 어쩔 수 없이 독자와 소통구조를 일상화시키는 작업에 전념하는 내적 갈등이 심함을 보여준다. 따라서 정윤옥 시인은 화자를 주인공으로서 체득한 주체적 낙관주의와 이 시대의 복판에 내던지는 시적 당당함을 서정적 운율에 싣고 있다.

입 꼭 다물고
스치는 바람결에도 속내 보이지 않던
자연빌라 24호에 사는 여자
무슨 비밀 많은지
삼복더위에 짝 달라붙는 면 티셔츠 겹겹이 껴입고
시장과 마트에 매일 나왔다

곱슬머리, 눈 크고 키 작은 그녀
맨드롬한 우윳빛 속살에
모나지 않은 성격인 줄 알았는데

똘똘 뭉쳐 화석으로 응어리진,

가슴 몰래 안고

여러 해 버티더니

어찌다.

어찌다 정신병동 입원하게 되었는지

그 여자 비밀 벗겨 내느라

동네 아줌마들 손끝에서 양파의 속살이 희디희다

— 「양파를 까며」 전문

정윤옥 시인은 이 시에서 비로소 현실의 구체성인 자신의 시적 표식을 구체화하고, 나아가 시의 정조情調를 보다 더 폭 넓게 전면화한다.

또한 시인은 외부와의 의식 교류는 시의 형식을 구성할 뿐 대상에 대한 실제적인 만남을 욕망하지 않는다. 스스로를 은둔화시키는 것이 아니라 공간의 밀도를 기억이 묻혀 있는 사실적 공간으로 치환한다. 동시에 시인이 넘어온 만만찮은 세월을 은유의 상징적 밀폐로 유도하는 것이다.

더 나아가 '아줌마'란 힘의 모순을 자연빌라 24호에 사는 여자로 사실적 정보는 충분히 전달되지 않는다 하더라도 전언傳言을 통해 겪은 오랜 고통의 기억들을 양파껍질 벗기듯 영혼에 의해 화창和唱하는 이웃을 표현하고 있는 것이다.

오징어순대라 쓰인 사각간판
몸살 같은 떨림들
겨우 지탱한 채

고향 땅 눈썹 위에 두고
오골오골 금 안에 모여 사는 실향민 가슴에
늘 황사만 처연히 날린다
가슴속 엉겨 붙은 앙금들
유통기한도 없는지
새끼줄에 거꾸로 매달린 채
마른오징어 같은 설움만 골목 안을 서성인다

–「청호동 골목」 부분

이「청호동 골목」은 어찌 보면 눈이란 렌즈를 통해본 단조로운 흑백 피사체에 불과하다 할 것이나 시인은 유배의 겸허함을 배우고, 나아가 그 아릿함을 시편에 담아냄으로서 현재의 우리 정세를 눈여겨보는 아픔을 인식하고 있다.

또한 절대적 고요 앞에서 시인이 추스르는 것은 그러한 풍경에 몰입하는 것이 아니라 자신의 마음을 발견하고 그것을 시적으로 재구성하면서 북조선의 토속음식 순대와 돌아갈 고향을 잃은 실향민들이 세월 앞에서 처연하게도 "가슴속 엉겨 붙은 앙금들 / 유통기한도 없는지 / 새끼줄에 거꾸로 매달린 채 / 마른오징어 같은 설움만 골목 안을 서성인다"

이런 유서 같은 심미적 분위기를 자아내는 시적 심상을 마지막으로 담아냈다는 것이다.

시인의 칠십여 시편들 곳곳에 자연과 인간의 궁극적 소통을 위한 시인의 심리적 거리(psychic distance)와 사적 영역까지 진솔하게 노래하고자 하는 노력으로 볼 때, 정윤옥 시인의 다음 시집에 많은 기대를 갖는다. 아울러 시인의 시편 전편을 보고 지적 아닌 부탁을 부연하고자 한다.

시인은 여러 시풍에 휘둘리거나 기웃거리지 말고, 지금 그렇게 한가한 시간이 시인에게 주어질지에 대한 시간적 제약이 내제된 육십여 년이란 세월을 되돌리거나 묶어둘 수 없다는 현실이 있다.

그런 의미에서 시인의 시상에 대한 본질은 거듭 이야기하지만 생활의 애환과 나아가 주변과 연관되어지는 서정성이 짙다 할 것이다. 서정적 시풍을 일관되게 추구함으로서 시인의 시맥을 찾아내는 체험적 시상과 그로 인한 인본적 내면을 충분히 역설할 수 있는 시의 얼개를 짜 독자와 소통하는 적극적 시풍의 일가를 이루길 바란다.

이 지면을 통해 정윤옥 시인의 첫 시집을 엮어낼 수 있도록 시간적 공간을 마련해준 가족과 지인들께 감사드리며, 아울러 시인께도 축하의 말씀을 전하고자 한다.

박희호(시인)

시집으로 『거리엔 지금 붉은 이슬이 탁본되고 있다』 『그늘』 『바람의 리허설』 등이 있다. 분단과 통일시 동인지(4회 차) 발간했으며, 한국작가회의 회원, 민족작가동맹 위원장, 한국하이쿠연구회 사무총장, 북미 평화협정체결 운동본부 공동상임 위원장을 맡고 있다.